Bonnevat.

Yf

786

LES ROMANS,

BALLET HEROIQUE.

REPRÉSENTÉ

PAR L'ACADEMIE ROYALE

DE MUSIQUE;

Pour la premiere fois, le Jeudy 23. d'Aouſt 1736.

DE L'IMPRIMERIE

De JEAN-BAPTISTE-CHRISTOPHE BALLARD,
Seul Imprimeur du Roy, & de l'Academie Royale de Muſique.

M. DCC XXXVI.

AVEC PRIVILEGE DU ROY.

LE PRIX EST DE XXX. SOLS.

L'ELOGE DE LA POESIE;
O D E
AUX ENFANS D'APOLLON.

Uels feux, Quels bruits? le Ciel s'entr'ouvre !
Un Dieu s'annonce à mes regards,
C'eſt Apollon que je découvre
Armé de flêches & de dards.
L'erreur d'un préjugé vulgaire
Deshonnore ſon ſanctuaire
Il veut en vanger les autels :
Ce Dieu vient de monter ma lire
Je céde aux charmes du délire
Silence ; Ecoûtez-moi, Mortels.

Jalouſe envie, aveugle audace,
Qui blâmés les plus beaux tranſports ;
Du Dieu qui m'éleve au Parnaſſe
Reſpectés les nobles accords.
Par les traits d'une main perfide
Dans ſa courſe la plus rapide
Un jeune eſprit eſt arrêté :
Ouvrons le Temple de memoire ;
Pour le ramener à la gloire ,
Montrons-lui l'immortalité.

Qu'avec moi l'univers contemple
Un ſéjour plus beau que les Cieux,
Je vois Apollon dans ſon temple
Egaler les hommes aux Dieux.

Les Mufes, les Amours, les Graces
Y fement des fleurs fur fes traces,
Chantant les Heros & les Bois:
Et le mortel qu'on y couronne,
Dans la fplendeur qui l'environne
Y devient plus grand que les Rois.

Pour fauver mon Nom des ténebres
Le Dieu des Vers m'ouvre un chemin,
Il rendra mes Ecrits célebres,
Si la vertu conduit ma main.
Ouy, fur la Lire Poëtique,
Le Beau, le Grand, le Pathétique
De l'honneur feul reçoit le ton:
Loin du Parnaffe, ame fragile;
Pour écrire comme Virgile,
Il faut penfer comme Caton.

Le vrai Poëte eft l'homme rare,
Qui tranfporté des plus beaux feux
S'éleve, & jamais ne s'égare
Dans fes accès les plus fougueux:
Nourri du fel de la maxime
Son efprit enjoüé, fublime,
Ne rougit point de ce qu'il fait:
Et fa fcience vive & pure,
Animant toute la nature,
Ne produit rien que de parfait.

Les Vers par un charme fuprême   Utilité de
Gravent la vertu dans les cœurs;   la Poëfie.
Par leur innocen. Stratagême
Efope corrigea les mœurs:
Tout céde à ce fage artifice.
Qui mieux que lui combat le vice?
Et la Vertu, qui la peint mieux?
C'eft par fa force enchantereffe
Qu'on vit les Peuples de la Grece
Honnorer même de faux Dieux.

L'ELOGE DE LA POESIE.

Quelle voix ? Quelle main fçavante
Animant des accords divers,
Aux fons d'une Lire éclatante
Unit le fon des plus beaux Vers ?
Du fein émû de fes entrailles
La Terre enfante des murailles ;
Superbe Thebes , je te vois :
Amphion change tes rivages ,
Je vois des hommes nés fauvages
Quitter leurs antres à ta voix.

Quel nouveau fpectacle s'apprête ?
Eft-ce un Mortel ? par quel fecours ?....
A fa voix le Lion s'arrête,
Les Fleuves fufpendent leurs cours.
Les Forêts , quittent les Montagnes,
Les Monts , roulent dans les Campagnes ,
Frappez de fes divins accords :
Et déja leur charme invincible
Vient d'attendrir l'ame infléxible
Du Dieu de l'Empire des morts.

Faftes pompeux , brillante Gloire,
Monuments du facré Valon,
A mes regards offrez l'Hiftoire
Des doctes Enfans d'Apollon.
Ciel ! quel fpectacle fe découvre ?
Eft-ce l'Olimpe que l'on ouvre ?
Suis-je tranfporté chez les Dieux ?
Dites-moy , Mufes, où nous fommes,
Je ne diftingue plus les hommes
D'avec les habitants des Cieux.

Dans une nuë étincelante
Parmy la foudre & les éclairs,
Homere fur fa Lire enfante
Des Dieux , Maîtres de l'univers.

Digne du séjour du tonnerre,
Le Ciel le dispute à la terre
Qui s'efforce de l'adorer :
D'un grand destin sublime Exemple,
Il obtient l'Olimpe pour temple
Et le monde pour l'honnorer.

Alexandre suspend sa foudre,
Pindare, a fléchi ce grand cœur,
Au milieu de Thebes en poudre
Il est respecté du Vainqueur.
Et toi fille de Mitylene *　　　　　　　　* Sapho.
Pour illustrer ta tendre veine
L'on cherche un glorieux moyen :
Quel honneur ! Quelle apologie !
L'on frappe de ton Effigie
L'or commerçant du Citoyen.

Quel bruit dans le Cirque tranquile ?　　　Aux Ro-
On se leve... on trouble l'acteur,　　　　　mains.
Est-ce Auguste ? Non, c'est Virgile
Qui reçoit ce respect flatteur.
Plus loin, je vois du grand Octave
Le petit fils d'un vil esclave *　　　　　　* Horace.
Devenu l'ami le plus grand :
Et l'homme même honnorant l'homme
Aux yeux des Spectateurs de Rome
Porter Petrarque triomphant.

Eclat des plus belles conquêtes,
Cédés le triomphe à nos Vers,
Apollon couronne nos têtes,
Et ses lauriers sont toûjours verds.
Ouy, sans les enfans de la guerre
Alexandre au bout de la terre
Ne peut porter son nom vanté :
Tandis qu'au sein de l'harmonie
Ovide, avec son seul genie,
Se donne l'immortalité.

Au son belliqueux des trompettes
Les Heros volent aux dangers,
Au son des champêtres musettes
L'Amour fait danser les Bergers :
Flatté d'une illustre carriere
Le fils du Dieu de la lumiere
Prétend éclairer l'univers :
Et moi des Filles de mémoire
Lorsque je vois briller la gloire
Je brûle d'enfanter des Vers.

Du double Mont suivons les traces,
Cultivons le plus beau des arts,
Il sçeut enchanter par ses graces
Les Scipions, & les Césars.
Poëtes, élevés votre ame,
Brillés d'une si belle flâme,
Que les yeux en soient éblouis :
Si vous voulés que vos ouvrages
Réunissent tous les suffrages
Rendés-les dignes de LOUIS.

O Vous, Qu'Apollon même éclaire,
Pour corriger ses nourrissons
Ma Muse ici cherche à vous plaire,
Elle a besoin de vos leçons :
Souvent vos arrêts sont terribles !
Et les auteurs incorrigibles,
Au temps en appellent tout bas :
Mais c'est en vain qu'on vous recuse,
L'ouvrage est toûjours sans excuse
Du moment qu'il ne vous plaît pas.

ACTEURS CHANTANTS
dans les Chœurs de ce Ballet.

CÔTÉ DU ROY.

Mesdemoiselles. **Messieurs.**

Mesdemoiselles	Messieurs
Dun.	St. Martin.
Ducoudray.	Lefebvre.
	Louette.
Delorge.	Marcelet.
Gouffier.	Deshais.
	Buseau.
Varquin.	François.
	Dupleffis.
Lemaire.	Rimbault.
Anteaume.	Le Myre fils.

CÔTÉ DE LA REINE.

Mesdemoiselles. **Messieurs.**

Mesdemoiselles	Messieurs
Antier·C.	Le Myre.
Thetelet te.	Morand.
	Deferre.
Lavalée.	Thurier.
Deshaigles.	Dautrep.
	Galard.
Bourbonois.C.	Grolier.
	Houbault.
Benard.	Bourque.
	Bornet.
Person.	Lorette.

Le Recueil general des Paroles des Opera a presentement quatorze Volumes, qu'on vend ensemble,   35. liv.

On vend separément les trois derniers,   9. liv.

On vient de donner *Les Agréments Champêtres*, Pastorale en Musique, par Monsieur CHAUVON, Auteur des *Mille-&-un Air*, des *Tybiades*, & des *Charmes de l'Harmonie*, &c. Partition In-folio,   6. liv.

Ce Divertissement est à Grand-Chœur, avec Symphonies pour les Violons, Flutes, Haut-bois Trompettes. Tymballes, Tambourins, Vielles, Cors-de-Chasse, Violles, Bassons, Violoncelles.

LES

LE ROMAN
MERVEILLEUX.

NOUVELLE ENTRÉE,

AJOUTÉE AUX TROIS PRÉCEDENTES,

Le 23. Septembre 1736.

AVERTISSEMENT.

CE nouvel Acte, n'est pas entierement du même Auteur qui a donné les précedents : Une autre main l'avoit ébauché : On en a conservé le Plan en quelques parties, & même plusieurs Vers, qui ont paru avoir assez de noblesse, pour faire croire que le Public les entendroit avec plaisir.

Des Personnes d'un goût scrupuleux & extrémement exact, ont voulu faire un reproche à l'Auteur, d'avoir introduit dans ses Romans des Noms & des Divinitez du Paganisme. Ce reproche, est peut-être exactement fondé : Mais si l'on veut observer un moment, que LA FICTION qui préside à ce Ballet, y est consideré comme la Mere des Romans & des Fables, & que ces mêmes Divinitez Payennes ne sont pas moins des fantômes également sortis de ses mains : On aura lieu peut-être de n'être plus surpris de les rencontrer en même maison. C'est une Mere qui rassemble ses Enfants, & qui malgré leurs differents caracteres, veut par un doux accord les engager à vivre d'intelligence.

De plus cette union fournissant davantage au Spectacle, & n'étant hazardée que pour le délassement de l'esprit : Le plaisir qui en pourra resulter, luy servira toûjours d'excuse.

Au reste, ces sortes d'Ouvrages, foibles dans leur constitution, & peu vray-semblables dans leurs desseins, n'ont jamais été regardez assez sérieusement pour meriter une discution plus grave.

ACTEURS CHANTANTS.

LINDOR, *jeune Prince, Amant*
  *d'*ISMENE, M^r. Tribou.

ISMENE, *jeune Princeſſe, Amante*
  de LINDOR, Mlle. Peliſlier.

LE GRAND PRESTRE
  DES SAUVAGES *adorant le Soleil,* M^r. Le Page.

Troupe de Prêtres Sauvages.

Troupe de Sauvages.

MINERVE, Mlle. Dupleſſis.

Troupe de Genies des Arts & des Sciences
  de la Suite de MINERVE.

Troupe de Genies de la Danſe.

Troupe de Jardiniers, de Moiſſonneurs & de Ven-
  dangeurs.

UN GENIE, *de la Comedie,* Mlle. Dun.

UN GENIE, *de l'Opera,* M^r. Jelyot.

La Scene eſt en Amerique.

ACTEURS DANSANTS.

SAUVAGES;

Messieurs Savar , Javillier-C., Javillier-3., Dupré, Dumay , Dangeville , F-Dumoulin , P-Dumoulin.

SUITE DE MINERVE;

Monsieur Malter-3.; Mademoiselle Mariette ;

Messieurs Dupré , Malter-C.;

Mesdemoiselles Rabon , Petit.

VENDANGEURS & MOISSONNEURS;

Messieurs Hamoche , Matignon.
Mesdemoiselles Dalmand , Le Breton.

Messieurs Javillier-3. , Dumay.
Mesdemoiselles Fremicourt , Saint-Germain.

LE ROMAN
MERVEILLEUX.

QUATRIE'ME ENTRE'E,
Ajoûtée aux trois précédentes, le 23. Septembre 1736.

Le Théatre repréfente un féjour affreux ; on n'y voit que des Arbres dépouillés de leurs feuillages, De vieux Troncs, des Antres, des Rochers : Dans le fond font les Piramides & Tombeaux des Rois fauvages ; fur le devant un Autel ruftique, & au travers d'une Voutte on découvre la Mer.

SCENE PREMIERE.
ISMENE.

Ivinité puiſſante, à mes vœux favorable,
Minerve, prens pitié de mon fort déplorable.

Je cherche envain Lindor dans ces affreux deferts:
Suis-je feule échapée à la fureur des Mers?

Divinité puiſſante, &c.

A

Helas! ce n'est qu'à toy que je puis recourir:
Mais, quels que soient les maux qu'en ces lieux je
déplore,
Ce n'est point pour mes jours que mon ame t'implore;
Si mon Amant n'est plus, je ne veux que mourir.

On entend une Marche de Sauvages.

Les habitans de ce Climat sauvage
Font retentir ces bords de leurs cris furieux:
Je dois trouver icy la mort ou l'esclavage,
Est-ce la l'heureux sort que m'ont promis les Dieux?

Elle se retire derriere un Rocher qui la dérobe aux yeux des Sauvages.

SCENE II.

ISMENE cachée, LE GRAND-PRESTRE
DES SAUVAGES, accompagné des Prestres
& des Peuples sauvages.

LE GRAND-PRESTRE, dans une attitude
consternée.

LE Roy, de ces Etats a perdu la lumiere.
Dans la poudre & le sang, au milieu des combats,
Il a fini sa brillante carriere.
Son grand nom doit s'étendre au bout de l'univers.
Sa valeur a vaincu mille peuples divers;

La mort seule a sur luy remporté la Victoire ;
Elle nous a ravi ce Heros indompté,
Et ces tombeaux sont l'écueil redouté
Où vient de se briser sa gloire.

CHOEUR des Sauvages.

Excitons nôtre cruauté,
Versons du sang, offrons un sacrifice horrible.

LE GRAND-PRESTRE.

Son cœur en doit être flatté,
Si l'on peut estre encor sensible
Dans le sombre séjour par la mort habité.

CHOEUR. *Excitons, &c.*

LE GRAND-PRESTRE.

Malgré les vents, malgré l'orage
Aucun Etranger à nos yeux
Ne s'est offert sur ce rivage :
Un de vous doit mourir, c'est la loy de nos Dieux.

CHOEUR DES PRESTRES.

Nommez le Mortel glorieux
Qui doit expirer pour son Maitre.

LE GRAND-PRESTRE s'avançant sur le bord du Théatre.

Astre brillant, hâte-toy de paroître,

LES ROMANS,

Soleil, montre-moy le Mortel
Qui doit être immolé fur cet augufte Autel:
Nous devons ce tribut de la valeur guerriere
Aux Manes de nos Rois, ainfi qu'à ta lumicre:

Appercevant la Princeffe.

Mais un fang étranger s'offre à nôtre couroux?

A la Princeffe.

Tu vas expirer fous nos coups.

CHOEUR des Sauvages.

Tu vas expirer fous nos coups.

LE GRAND-PRESTRE.

Chacun craignoit pour foy la mort que l'on t'aprefte,

Peris, détourne fur ta tête
Le fort qui nous menaçoit tous.

Le Chœur repete ces deux derniers Vers.

ISMENE.

De mes jours malheureux faites le facrifice,
Mon cœur ne redoute plus rien.
La mort eft le fuprême bien,
Lorfque la vie eft un fuplice.

LE GRAND-PRESTRE, à LA PRINCESSE.

Tu n'auras pas long-temps à te plaindre du fort,
Au pié de cet Autel, cours attendre la mort.

CHOEUR.

Tu n'auras pas long-temps à te plaindre du fort.

On enchaîne la Princeffe au pié de l'Autel.

DANSE FUNEBRE.

CHOEUR.

La force, & le courage
Est le seul avantage
Qui puisse flatter nos desirs ;
Les horreurs & le carnage
Font nos uniques plaisirs :
Portons par tout la guerre,
Que tout céde à nos coups,
Ne cédons qu'au feu du Tonnerre,
Il est seul plus puissant que nous.

DANSE FURIEUSE.

LE GRAND-PRESTRE, armé d'une Massue.

Manes célebres
Du Heros le plus glorieux ;
Aux bruits de nos clameurs & de nos cris funebres,
Recevez ce sang précieux.

Dans le temps qu'il veut fraper la Princesse, il s'éleve une tempeste.

Quelle horreur se répand sur toute la nature !
Le jour fuit, l'air mugit, les flots sont agitez !
Les Vents dans leur caverne obscure
Gémissent de se voir trop long-temps arrêtez.

CHOEUR.

Quelle horreur se répand sur toute la nature !

LE GRAND-PRESTRE.

Avons-nous merité la colere des Dieux !

C H OE U R.

Dans nos Antres profonds évitons leur tonnere.

LE GRAND-PRESTRE.
Cherchons dans le sein de la terre
Un azile contre les Cieux.

C H OE U R *Cherchons ,* &c.

Les Sauvages descendent dans leurs Cavernes, & la Tempête redouble.

On voit arriver LINDOR sur les débris d'un Vaisseau.

✳✳✳✳✳✳✳✳✳✳✳✳✳✳✳✳✳✳✳✳ ✳✳✳✳✳✳✳✳✳✳✳✳✳✳✳✳✳✳✳✳

SCENE III.

LINDOR, ISMENE attachée au pié de l'Autel.

LINDOR, sans appercevoir la Princesse.

A L'aspect de ces bords je soupire, je tremble ,
D'où n'aît le trouble de mes sens !

ISMENE.

O Mort ! viens terminer les maux que je ressens.

LINDOR, appercevant ISMENE.

Que vois-je ! justes Dieux ! le destin nous rassemble !

I S M E N E.

Dieux: Lindor ?

L I N D O R.

Quoy ! des fers !

I S M E N E.

Jugez de mes malheurs ;
Voyez le sort qu'on me prépare ;
Si le Ciel reunit nos cœurs,
C'est pour les séparer par un coup plus barbare.

L I N D O R.

Quel spectacle pour un Amant !
En quel état le Ciel vous rend-t'il à mes larmes ?
Je payeray bien cherement
Le funeste plaisir de revoir tant de charmes.

I S M E N E.

Je vous vois, ce bonheur enchante tous mes sens.
Le coup qui nous sépare en sera plus terrible :
Mais dût-il être encor mille fois plus horrible,
Ma douleur doit céder au plaisir que je sens.

L I N D O R.

Dieux ! ne puis-je arrêter le coup qui la menace ?

I S M E N E.

Ne vous exposez point vainement au trépas.
Perdez une inutile audace ;
En perissant pour moy, vous ne me sauvez pas.

ENSEMBLE.

Je vous perds, ô destin funeste,
Quoy, la mort va briser ces nœuds si pleins d'attraits !
Nous nous voyons encor, ce moment seul nous reste,
L'instant qui le suivra nous sépare à jamais.

CHOEUR des Sauvages dans leurs cavernes.

Sortons, sortons
De nos Antres profonds :
Le Ciel de son tonnere,
N'étonne plus la terre.
Sortons, &c.

ISMENE.

J'entends les cris affreux de ce peuple barbare,
Lindor partez, séparons-nous.

LINDOR.

L'amour m'unit à vous.

ISMENE.

Fuyez la mort qu'on me prépare,
Le Ciel icy nous laisse sans secours.

LINDOR.

Jusqu'au dernier moment j'y deffendray vos jours.

SCENE IV.

SCENE IV.

LES SAUVAGES rentrant sur le Theâtre, LEUR GRAND-PRESTRE à leur tête, ISMENE ET LINDOR.

LES SAUVAGES.

SUivons l'ardeur qui nous anime,
Achevons, frapons la victime.

ISMENE, à LINDOR.

Cher Prince, évitez leur fureur.

LINDOR, aux SAUVAGES.

Ah, Cruels arrêtez, frapez plutôt mon cœur.
Je vous offre mon sang, épargnez ce que j'aime,
Pour un objet charmant laissez-vous attendrir.

LES SAUVAGES.

Mortel, ton audace est extrême,
Non, le Ciel-même
Ne peut la secourir.
LINDOR.
L'Amour vous a donné la vie,
C'est pour vôtre bonheur qu'il regne en ce séjour,
Ah la pitié sera-t'elle bannie
Des lieux où l'on connoît l'Amour?

B

L E G R A N D - P R E S T R E.

Suivons l'ardeur qui nous anime,
Achevons, frapons la victime.

L E　C H OE U R.

Suivons l'ardeur qui nous anime,
Achevons, frapons la victime.

LINDOR, tirant son épée.

Avant sa mort, Cruels, éprouvez mon couroux.

I S M E N E.

Prince, que faites-vous?

LE GRAND-PRESTRE, aux SAUVAGES.

Vangez-vous, vangez-vous,
Frapez ce temeraire.
Que sur luy sans pitié tombe vôtre colere.

On entend une Symphonie douce.

LES SAUVAGES.

Quel charme suspend nos fureurs?
La rage s'éteint dans nos cœurs.

SCENE V.

MINERVE dans son Char, accompagnée des
GENIES des Sciences, & des Arts ;
LINDOR, ISMENE, ET LES SAUVAGES.

MINERVE.

Malheureux Habitants de ce climat sauvage,
  N'irritez plus les Dieux par un coupable hom-
mage :
Pour dissiper l'horreur qui regne en ce séjour
  Le Ciel a marqué ce grand jour.

Le Théatre change & represente un séjour délicieux.

LES SAUVAGES.

Quel changement heureux ! quelle clarté brillante !
  Nous étonne & nous enchante ?

MINERVE.

Que les Sciences & les Arts
Brillent icy de toutes parts.

Accourez, Jeux & Ris : Et vous Plaisirs tranquiles,
Charmez les Habitants de ces heureux aziles,

  Que les Sciences & les Arts
  Brillent icy de toutes parts.

Les Plaisirs & les Artisans viennent en dansant.

C H OE U R des Génies fçavants.

Enfans du Génie & de la Paix
Illuſtres Arts, Science profonde,
A ce nouvel empire offrez tous vos attraits:
Vous faites le plaiſir & la gloire du monde.

On danſe.

LE GENIE DE L'OPERA.

Pour adoucir un cœur ſauvage,
Il faut emprunter mon langage:

L'heureux charme de mes accords,
Des Mortels en fureur arrête les tranſports;
Et leur douceur enchantereſſe
Livre les cœurs à la tendreſſe.
Mes ſons puiſſants
Imitent les effets de toute la nature:
Sur les flots écumans
Je fais gronder le tonnerre & les vents.

D'une onde pure,
J'aime à chanter le doux murmure:
Au bruit charmant des eaux,
Je mêle tendrement les concerts des oyſeaux.
Pour adoucir un cœur ſauvage,
Il faut emprunter mon langage.

CHOEUR des Génies de la Musique.

O celeste Harmonie,
Brillez, triomphez dans ces lieux:
Vôtre puissance est infinie,
Charmez les Mortels & les Dieux.

On danse.

LE GE'NIE DE LA COMEDIE.

Par un aimable badinage,
Je corrige les mœurs, & fais rire le sage ;
Dans mes heureux tableaux,
Les humains sans rougir peuvent voir leurs défauts:
Regnez sur l'univers, charmante Comedie,
Le Théatre du monde est celui de Thalie.

On danse.

UN JARDINIER, ET UNE VENDANGEUSE.

Rire & chanter sans cesse,
C'est le soin de la Jeunesse:
Les Dieux pour ses loisirs,
Ont inventé les jeux & les plaisirs.

LE CHOEUR,

Rire & chanter sans cesse,
C'est le soin de la Jeunesse:
Les Dieux pour ses loisirs,
Ont inventé les jeux & les plaisirs.

LE JARDINIER ET LA VENDANGEUSE.

La nature elle-même
Nous dicte leur loi suprême,
Le seul éclat des Fleurs
Devient une leçon pour tous les cœurs :
Un seul moment l'efface,
Et c'est ce moment qui passe,
Qui nous vient révéler
Le prix du tems, prêt à s'envoler.

LE CHOEUR. *Rire & chanter*, &c.

LE JARDINIER ET LA VENDANGEUSE.

D'une beauté sauvage
Bravons le dure esclavage,
Contre le noir chagrin
Il est un charmant breuvage ;
Il faut dans le bon vin
Chercher un plus heureux destin. On danse.

CHOEUR.

D'une vive allegresse
Goutons la charmante yvresse,
Pour fixer la jeunesse aimons toûjours.
Heureux qui de ses jours
Enchaîne l'aimable cours :
Avec le vin, les amours,
L'ennui
S'envole loin de luy.

CHOEUR.

Rire & chanter fans ceffe,
C'eft le foin de la Jeuneffe,
Les Dieux pour fes loifirs
Ont inventé les jeux, & les plaifirs.

Les Génies de la Danfe forment un Ballet varié.

MINERVE remontée dans fon Char.

Ifmene, & vous Lindor, regnez fur ces beaux lieux,
Je vous les ay foumis ; honorez-y les Dieux.

LINDOR ET ISMENE.

Fille de Jupiter, nôtre reconnoiffance
Egalera vôtre puiffance.

CHOEURS.

Souverains des ces lieux regnez par vos faveurs,
Les peuples à jamais chanteront vôtre gloire.
Fuyez la guerre & fes fureurs,
Aimez la Paix & fes douceurs :
La plus belle victoire
Eft de regner fur tous les cœurs.

FIN.

L'Aprobation & le Privilege font à la fin de ce Ballet,
qui eft de la même Imprimerie.

L'Académie a jugé à propos de tranfpo-
fer l'Entrée de la Bergerie à la place de la
Troifiéme, & cette troifiéme eft maintenant
la Prémiere , la Seconde n'ayant point efté
changée.

LES ROMANS,

BALLET HEROIQUE.

PROLOGUE.

ACTEURS CHANTANTS.

LA FICTION,   Mlle. Eeremans.

CLIO,   Mlle. Julyc.

UN AMATEUR *de La Fiction,* Mr. Perſon.

UNE SUIVANTE *de La Fiction,* Mlle. Dupleſſis.

LA RENOMME'E,   Mlle. Dupleſſis.

Troupe de Génies de la Suite de LA FICTION.

Troupe d'Amateurs de LA FICTION.

ACTEURS DANSANTS.

PEUPLES DIFFERENTS;

Mademoiſelle Le Breton;

Mr. Dupré.	Mlle. Rabon.	*Italiens.*
Mr. Savar.	Mlle. Durocher.	*Turcs.*
Mr. Bontemps.	Mlle. Fremicourt.	*François.*
Mr. Viliette.	Mlle. St.-Germain.	*Chinois.*
Mr. Hamoche.	Mlle. Courcelle.	*Indiens.*

La Scene eſt dans le Palais de LA FICTION.

PROLOGUE.

Le Theâtre repréfente le Palais de La Fiction, cette Déeffe y paroît affife fur un Trône : l'Imagination, le Goût, & quantité de Genies differents l'environnent, des Peuples de toutes Nations chantent fes loüanges.

SCENE PREMIERE.

UN AMATEUR, UNE SUIVANTE DE LA FICTION, ENSEMBLE.

*Riomphez Déeffe charmante,*
Les plus aimables Jeux regnent dans vôtre
Cour.

CHOEUR.

Triomphez Déeffe charmante,
Les plus aimables Jeux regnent dans vôtre Cour.

LES ROMANS,

LES MESMES ACTEURS.

Toûjours nouvelle & toûjours plus brillante,
Vous chantez tour à tour
La Gloire, la Vertu, les Plaisirs & l'Amour.

CHOEUR.

Triomphez Déesse charmante,
Les plus aimables Jeux regnent dans vôtre Cour.

LES MESMES.

Flatteuse Fiction, sous vôtre main galante,
La beauté prend un air plus doux :
La grace devient plus touchante,
Et jusqu'à la raison, tout sçait plaire avec vous.

CHOEUR.

Triomphez Déesse charmante,
Les plus aimables Jeux regnent dans vôtre Cour.

SUIVANTE DE LA FICTION.

Tout s'anime par vous, & tout vous rend hommage :
Les Déitez des Mers, de la Terre, des Cieux,
Et celles du sombre Rivage
Vous doivent leurs rangs glorieux :
Vos premiers sujets sont les Dieux :
Le tendre Zephire
Près de vous soupire ;

PROLOGUE.

Les Jeux, & les Plaisirs
Sont les Enfans de vos loisirs ;
Et l'aimable Flore,
Pour prix d'avoir chanté ses feux,
Sous vos pas fait éclore
Ses dons les plus précieux.

On danse.

LA FICTION descenduë de son Trône.

Je vais peindre en ces lieux charmans
Des Amants fortunez après quelques tourmens,
Des Bergers tendres & timides,
Des Heros intrepides :
Mortels, applaudissez à mes nouveaux Romans.

CHOEUR DES GENIES.

Jusques au bout du monde étendez vôtre gloire,
De l'Histoire en tous lieux effacez la beauté :
Que sur la verité
L'aimable Fiction remporte la victoire.

※※※※※※※※※※※※※※※※※※※※※※※※※※※※※※
※※※※※※※※※※※※※※※※※※※※※※※※※※※※※※

SCENE II.

LA FICTION, CLIO, & les Acteurs
de la Scene précedente.

CLIO.

DE quels chants odieux
Retentissent ces lieux?

LA FICTION.

Sage Clio, quel couroux vous anime?
Des honneurs qu'on me rend, me faites vous un crime?

CLIO.

Pour former contre moy d'audacieux desseins,
Déesse, j'ignorois vos titres souverains:
Et je ne croyois pas que vous dûssiez prétendre
Aux hommages pompeux que m'offrent les Humains.

LA FICTION.

Le temps auroit dû vous l'apprendre.
Quel cœur ne me suit pas?

Sublime, éleganse, & legere,
Le plaisir vole sur mes pas:
C'est du desir de plaire
Que naissent les plus doux appas.

CLIO.

Vôtre art chimerique & frivole,
Doit à l'erreur son plus bel ornement :
Le plaisir aisément s'envole,
Quand le mensonge en fait seul l'agrément.

LA FICTION.

Connoissez mieux la Mere de la Fable.

Sous les traits de la volupté
Je rends la sagesse agréable :
On cherche peu la verité,
Lorsque le mensonge est aimable.

CLIO.

Pour punir vôtre vanité,
Je puis de mes Heros vous rapeller la gloire,
Ma main au Temple de memoire
Les consacre à jamais à la posterité.

LA FICTION.

Muse, j'en connois dans l'Histoire
Qui ne doivent qu'à moy leur immortalité.

ENSEMBLE.

LA FICTION chante d'abord seule.

Cédons nous l'une à l'autre une égale victoire,
En faveur de LOUIS, unissons nos desirs.

CLIO. ⎰ Occupez-vous de ses plaisirs,
LA FICT. ⎱ Je prends le soin de ses plaisirs,

CLIO. ⎧ *Et laiſſez à Clio le recit de ſa gloire.*
LA FIC. ⎩ *Et je laiſſe à Clio le recit de ſa gloire.*

DIVERTISSEMENT.

LA FICTION.

Volez loin de la terre , implacable Bellonne,
De nos jeunes Guerriers reſpectez les beaux jours :
S'il faut que vos fureurs en partagent le cours ;
     Dumoins , n'en prenez que l'automne,
     Laiſſez leur printems aux Amours.
Volez , &c.

LA RENOMME'E ſur le Cheval Pegaze, à CLIO.

     Venez, venez Muſe immortelle,
     Venez chanter les plus hauts faits :
La Diſcorde fatale, & la Guerre cruelle
Avoient troublé l'empire de Cibelle,
     LOUIS va luy rendre la Paix.

     Venez , venez Muſe immortelle,
     Venez chanter les plus hauts faits.

CLIO, à LA FICTION.

Adieu , je pars , c'eſt LOUIS qui m'apelle ;
Il faut que ma Trompette annonce ſa grandeur :
Pour ſes amuſements limitez mon ardeur.

               Elle ſort.
                 LA

PROLOGUE. 9

LA FICTION , paroiſſant piquée , à part.

Au temple d'Apollon , les Filles de memoire,
Des vertus de LOUIS font le riche tableau ;
Mais , c'eſt un vain effort, on ne pourra les croire ;
Et l'Avenir ſurpris d'un ouvrage ſi beau,
 Penſera pour ma gloire,
 Que de la Muſe de l'hiſtoire
 J'aurai conduit l'heureux pinceau.

  S'adreſſant à toute ſa Cour.

 Que la Paix dans ces lieux tranquilles,
 Ramene nos jeunes Achilles
 Couverts de triomphes nouveaux.

LE CHOEUR, *Que la Paix* , &c.

LA FICTION.

 Au ſeul éclat des armes ,
Ils quittent les Amours en larmes,
Et courent aux nobles travaux.

LE CHOEUR.

Que la Paix dans ces lieux tranquilles ,
Ramene nos jeunes Achilles
Couverts de triomphes nouveaux.

      B

LA FICTION.

Mars, ainſi que l'Amour, prépare leur victoire;
Des plaiſirs aux combats ils volent tour à tour:
Volages en amour;
Mais, conſtants pour la gloire.

CHŒUR.

Que la Paix dans ces lieux tranquilles,
Ramene nos jeunes Achilles
Couverts de triomphes nouveaux.

FIN DU PROLOGUE.

LES ROMANS,

BALLET HEROIQUE.

PREMIERE ENTRÉE.

LA BERGERIE.

ACTEURS CHANTANTS.

L'AMOUR,   Mlle. Fel.
ARCAS, *vieux Berger*,   Mr. Perfon.
IPHIS, *jeune Berger indifferent*,   Mr. Tribou.
DORIS, *jeune Bergere indifferente*,   Mlle. Pellicier.
Troupe de Bergers & de Bergeres.
DEUX BERGERS,   M^{rs.}
UNE BERGERE,   Mlle.

ACTEURS DANSANTS.

BERGERS ET BERGERES;

Monfieur D-Dumoulin, Mademoifelle Sallé;

Meffieurs F-Dumoulin, P-Dumoulin, Hamoche, Malter-L., Matignon.

Mefdemoifelles Le Breton, Saint-Germain, Courcelle, Fremicourt, Centuray.

LA FORTUNE;   Mademoifelle Rabon;
SUIVANTS DE LA FORTUNE;
Mrs. Javillier-3., Dupré; Mlles. Durocher, Carville.
La Scene eft dans un Hameau de la Vallée de TEMPE'.

PREMIERE ENTRÉE.

LA BERGERIE.

Le Theâtre repréſente un Boccage; ARCAS vieux Berger, y paroît endormi ſur un gazon.

SCENE PREMIERE.

L'AMOUR deſcend du Ciel : Au bruit de ſon vol, Arcas ſe réveille, le ſuit des yeux & court enſuite après luy ; l'Amour le laiſſe en arriere, & reparoît ſur le Theâtre.

L'AMOUR.

Angeons-nous, vangeons-nous des inſenſibles cœurs,
Ne ceſſons point de leur faire la guerre ;
Tout doit ſentir mes traits vainqueurs,
J'en ay bleſſé le Maître du tonnere.

Dans ces lieux consacrez aux soupirs, aux langueurs,
J'ay vû le jeune Iphis, dédaignant mes faveurs,
N'entretenir une aimable Bergere
Que du chant des oiseaux & de l'émail des fleurs:
Ah! leur indifference excite ma colere:
Avant la fin du jour
Ils parleront d'amour.

Vangeons-nous, vangeons-nous des insensibles cœurs,
Ne cessons point de leur faire la guerre;
Tout doit sentir mes traits vainqueurs,
J'en ay blessé le Maître du tonnerre.

L'AMOUR sort, apercevant ARCAS de loin.

SCENE II.

ARCAS, cherchant L'AMOUR.

V Enez, heureux Bergers, venez accourez-tous,
L'Amour, le tendre amour habite parmi nous,
Formons des jeux nouveaux, que la plus belle fête
Présente à ses regards l'hommage le plus doux:
Venez, heureux Bergers, venez accourez-tous,
Que rien ne vous arrête.

SCENE III.

ARCAS, Troupe de BERGERS
& de BERGERES.

CHOEUR DES BERGERS.

NOus accourons à vôtre voix,
Qu'est-il arrivé dans nos bois ?

ARCAS.

L'objet le plus charmant s'est offert à ma vûe,
Mon ame en est encore émûe !

CHOEUR.

Quel est donc cet objet qui flâte vos desirs ?

ARCAS.

C'est le Dieu des amours.

CHOEUR.

L'Amour dans ce boccage ?

ARCAS.

Croyez-en mes soupirs.
J'étois sous cet Ormeau reposant à l'ombrage.

Armé de ses traits éclatans,
Je l'ai vû sortir d'un nuage,
Et descendre aussitôt sous cet épais feüillage,

Il a fui devant moy, je l'ai suivi long-tems
Je marche avec lenteur, il vole & je chancelle;
Mais ce Dieu me prêtoit une force nouvelle,
Qui réparoit la foiblesse des ans.

Cherchez l'Amour dans ce boccage,
Présentez-lui vos cœurs, rendez-lui vôtre hommage.

CHOEUR, pendant lequel IPHIS & DORIS arrivent.

Cherchons l'Amour dans ce boccage,
Présentons-lui nos cœurs, rendons-lui nôtre hommage.

La Troupe des Bergers sort pour aller chercher L'AMOUR.

****** ********************************

SCENE IV.

ARCAS, IPHIS ET DORIS.

ARCAS.

Heureux qui de l'amour sent les aimables traits.
Aux yeux d'un berger qui soupire,
Le jour semble avoir plus d'attraits;
Ce qu'il voit, ce qu'il sent, l'air même qu'il respire,
Tout lui paroît changé. Dans cet heureux délire

Il

Il goute cent plaisirs divers :
L'Amour pour les amans forme un autre univers.

S'adreſſant à IPHIS & à DORIS.

Jeunes Bergers, vous seuls dans ce séjour,
Du Dieu le plus charmant méprisez la puiſſance ;
De vôtre indifference
Il ſçaura vous punir un jour :
Vous offenſez l'Amour,
Redoutez ſa vangeance.

SCENE V.
DORIS, IPHIS.
DORIS.

LES plaisirs de l'amour ont-ils donc tant de charmes?
J'ai vû des Bergers amoureux
Se plaindre dans nos bois, & répandre des larmes.

IPHIS.

J'en ai vû quelquefois d'heureux.
Tircis a soupiré pour la jeune Climene,
Souvent aux Echos de ces lieux
Il a fait répéter son amoureuse peine :
Mais enfin, il a ſçu fléchir son inhumaine,
Tircis paroît joüir d'un sort digne des Dieux.

C

DORIS.

L'Amour le plus heureux est toûjours un martire.

Hilas aime Philis, Hilas en est aimé,
Par les plaisirs ce nœud sembloit formé :
Mais depuis que l'Amour les tient sous son empire,
Hilas se plaint, Philis soupire.

ENSEMBLE.

Ne parlons plus ny d'Amans, ny d'Amours,
S'ils nous rendoient heureux s'en plaindroit-on toujours?

Que ces lieux tranquilles,
Ces rians aziles
Soient toûjours charmans pour nous,
Que les beautez de la nature,
Les bois & la verdure
Fassent nos plaisirs les plus doux.

SCENE VI.

IPHIS, DORIS, L'AMOUR caché
au fond du Theâtre.

L'AMOUR caché.

HElas ! helas !

IPHIS ET DORIS.
Qui peut sous ce feüillage
Former de si tristes accens ?

L'A M O U R paroiſſant.

Ah ! quelles peines je reſſens !
D O R I S.
Je vois un jeune Enfant ſortir de ce boccage.
L'A M O U R.
Rien ne peut-il calmer mes cruelles douleurs ?
Où trouver des mortels qui plaignent mes malheurs ?
D O R I S.
Ne ſçaurions-nous ſuſpendre vos allarmes ?
I P H I S.
Un mortel inhumain s'arme-t'il contre vous ?

I P H I S   E T   D O R I S.
Jeune Etranger, n'eſt-il point parmi nous
Quelque remede aux maux qui font couler vos larmes?
L'A M O U R.
Vous paroiſſez attendris par mes pleurs,
Contre un ſort rigoureux j'eſpere que vos cœurs
M'accorderont un ſûr azile :
Déja dans ce ſéjour tranquille
Je ſens de mes ennuis adoucir les rigueurs.

I P H I S   E T   D O R I S.
Attachez aux tréſors que produit la nature
Nous joüiſſons dans ces hameaux
D'une vie innocente & pure :
Partagez avec nous ce fortuné repos.

On entend une Symphonie douce.
C ij

L'AMOUR.

Le sommeil sur mes yeux vient verser ses pavots,
Goutons-en la douceur sous ce charmant ombrage :
Divin Sommeil, répare mes travaux ;
Des rigueurs de mon sort dérobe-moy l'image.

L'AMOUR fait semblant de s'endormir sur un gazon,
laissant à terre son arc & son carquois.

DORIS.

Sa douleur m'attendrit.

IPHIS.

Qu'il reste dans ces lieux,
Le tems calmera ses allarmes.

DORIS.

Ses yeux baignez de pleurs, n'en ont pas moins de
charmes.

Elle veut s'aprocher de L'AMOUR.

IPHIS.

Ne troublez pas son repos précieux.

DORIS considerant L'AMOUR.

D'où-vient que cet Enfant porte avec lui des armes ?
Voyez cet arc & ce carquois.

IPHIS.

Il perce de ses traits les habitans des bois,
Ce font des jeux de son enfance.

DORIS.

Sur ces oiseaux essayons leur puissance.

IPHIS ET DORIS prenants un trait
de L'AMOUR.

Dieux !...ce trait a percé mon cœur.

Ils le jettent.

IPHIS à part.

Quel mouvement confus !

DORIS à part.

Quel trouble ?

IPHIS.

Quelle ardeur !

DORIS.

Quelle subtile flâme
Coule de veine en veine, & penetre mon ame !

IPHIS, à DORIS.

Une tendre langueur... un timide embarras...
Je vous vois, & mon cœur soupire:
Je voudrois vous parler... & n'ose vous rien dire,
Doris... Doris... ah ! ne me fuyez pas.

DORIS.

Ne suivez plus mes pas,
Laissez-moi vous cacher le trouble où je me livre.

IPHIS.

Laissez-moi le plaisir d'admirer tant d'appas,
Je sens que loin de vous je cesserois de vivre.

DORIS.

Non, je veux surmonter un trop fatal pouvoir,
Iphis, je ne veux plus vous voir.

IPHIS.

Je ne vous verrois plus ! Dieux ! mon ame éperduë
Ne sçauroit soutenir un si cruel malheur :
Si je perds le plaisir que me fait vôtre vuë,
De ce dard aussi-tôt je perceray mon cœur...

L'AMOUR, d'un ton ironique.

Qui peut, jeunes Bergers, vous causer tant de trouble ?

IPHIS ET DORIS.

O Dieux ! à son aspect { *ma foiblesse* } *redouble !*
                    { *ma tendresse* }

L'AMOUR.

Vous semblez m'éviter, d'où vient ce changement ?

DORIS.

Un de vos traits par un coup trop sensible,
     Nous a blessez mortellement.

L'AMOUR, d'un ton ironique.

O Ciel ! est-il possible ?

DORIS.

C'est vous qui faites mon tourment.

L'AMOUR.

Ne craignez rien, ce mal n'est point funeste,
     L'on en guerit trop aisément.

DORIS.

Que faut-il faire, helas !

L'AMOUR.

           Vous aimer seulement,
     L'Himen fera le reste.

ARCAS, aux BERGERS qui le fuivent.

Voici l'Amour ce Dieu vainqueur;
Bergers, ranimons nôtre zele.

IPHIS ET DORIS.

L'Amour!

DORIS.

O trahifon cruelle!

L'AMOUR.

Redoutez moins un Dieu qui fait vôtre bonheur.

DORIS.

Ne puis-je éviter fa préfence?

L'AMOUR.

L'Amour étonne l'innocence,
Mais, l'Himen fçait la raffurer:
Amants, pour vous unir il va tout preparer.

CHOEUR des Bergers.

Au Dieu qui nous engage,
Rendons hommage:
Chantons le plus doux des Vainqueurs,
Qu'il regne à jamais fur nos cœurs.

On danfe.

CHOEUR.

Les plaifirs vont enchanter nos ames,
Dans ces lieux l'Amour répand fes flâmes,
Doux Printemps;
Renaiffez dans nos champs,
Offrez tous vos charmes
Au Dieu des Amants:

Loin de nous , chagrins , soupirs , & larmes ,
Le sort le plus heureux
Vient remplir tous nos vœux ,
Nos beaux jours
Vont couler sans allarmes ,
L'Amour va nous apprendre à nous aimer toûjours.

On danse une Chaconne; LA FORTUNE y paroît avec
une Suite magnifique. Les Bergers ébloüis de son éclat
la suivent , & se laissent lier avec des chaînes d'or.

Les Bergeres allarmées viennent tendrement les dégager,
& les enchaînent ensuite avec des Guirlandes de Fleurs.

La Fortune irritée de son peu de succès les abandonne.

Les Bergers contents continuent leurs danses.

CHOEUR.

Tendre Amour,
Dans ce beau séjour,
Désormais viens fixer ta Cour,
Tes ardeurs ,
Tes langueurs
Charmeront toûjours nos cœurs.

UN BERGER.

Nos Forêts
Chantent tes bienfaits ,
Leurs attraits
Pour nos cœurs sont faits ;
Quand tes flâmes
Brûlent nos ames
Nous n'en guerissons jamais.

CHOEUR.

CHOEUR, *Tendre Amour*, &c.

LE BERGER.

L'Univers
Renaît dans tes fers,
Il languit si tu ne l'enflâmes;
Un cœur ne devient heureux,
Que de l'instant qu'il sent tes feux:
Dieu charmant,
Quel enchantement!
Tous les biens
Sont dans tes liens,
Tu nous fais aimer jusqu'à nos pleurs,
Tes tourments sont des faveurs.

CHOEUR. *Tendre Amour*, &c.

DEUX BERGERS ET UNE BERGERE.

Depuis que dans nos Bois
L'Amour donne des loix,
Tout s'empresse à faire un choix.

CHOEUR DES BERGERS.

Depuis que dans nos Bois, &c.

LES BERGERS ET LA BERGERE.

Il remplit tous les vœux
De nos cœurs amoureux,
Les Plaisirs & les Jeux
L'ont suivi dans ces beaux lieux.

D

CHOEUR.

Depuis que dans nos Bois, &c.

LES BERGERS.

Il fait seul nôtre bonheur,
Conservons dans nos ames
Les traits & les flâmes
D'un si doux Vainqueur.

LES BERGERS ET LA BERGERE.

Ses soupirs,
Ses plaisirs
Combleront tous nos desirs.
A ses coups
Cédons-tous,
C'est pour nous
Qu'il garde ses biens les plus doux.

CHOEUR.

Depuis, que dans nos Bois, &c.

LES BERGERS.

Plus d'allarmes,
De soins, de larmes,
Chantons le sort dont nous goûtons les charmes.
Victoire!
Ah! quelle gloire!
Quel bien plus doux!
L'Amour est avec nous.

CHOEUR DES BERGERES.

La Fortune
Nous importune,
Ses biens sont lents, sa faveur est legere;
Une Bergere,
Dans un instant,
Rend pour jamais un Berger content.

LES BERGERS.

Plus d'allarmes, &c.

LES BERGERES.

Que ses traits chéris dans ces lieux
Volent jusqu'aux Cieux:
Qu'ils enflâment jusqu'aux Dieux.

LES BERGERS.

C'est le Dieu le plus charmant.

LES BERGERES.

Il triomphe en un moment.

LES BERGERS.

Trop heureux qui suit ses loix.

LES BERGERES.

Redisons cent & cent fois.

TOUS ENSEMBLE.

Amour, lancez-nous vos traits,
Regnez sur nous à jamais.

LES ROMANS,

Tendre Amour,
Dans ce beau séjour,
Désormais viens fixer ta Cour:
Tes ardeurs,
Tes langueurs
Charmeront toûjours nos cœurs.

On danse.

UNE BERGERE.

Cédons à nos désirs,
Suivons l'Amour, chantons sa gloire;
Ce n'est qu'à sa victoire,
Que nous devons tous nos plaisirs.

Avec rapidité le tems d'aimer s'envole,
Ce tems heureux est perdu sans retour;
Et rien ne console
De la perte de l'amour.

On danse.

LA BERGERE.

Aimons-nous,
Chantons-tous,
Chantons le Dieu de Cithere;
Livrons-lui nôtre printems,
La sagesse aura son tems.

CHŒUR, *Aimons-nous,* &c.

LA BERGERE.

Sans desirs,
Sans soupirs,
Helas! que pourroit-on faire?

Nos beaux jours
Sont trop courts ;
Ne penſons qu'à nos amours.

CHOEUR, *Aimons-nous*, &c.

LA MESME BERGERE.

Quand on aime bien
Tout plaît, tout rit, tout enchante :
Quand on n'aime rien,
La vie eſt languiſſante.

CHOEUR, *Quand on aime*, &c.

LA BERGERE.

Sous tes loix je m'engage
Je ne crains point les ſoupirs,
Tendre Amour, quel dommage
De combattre ſes deſirs
Au plus beau de nôtre âge !

CHOEUR, *Quand on aime*, &c.

LA BERGERE.

Livrons-nous à la tendreſſe
N'en perdons point les inſtans,
La jeuneſſe
Nous en preſſe,
Et l'amour n'a qu'un printems.

C H OE U R.

On ne peut trop tôt se rendre
Aux doux charmes des amours :
Se deffendre
D'être tendre,
C'est renoncer à ses beaux jours.

LE BERGER.

Dans la saison des Zephirs,
Un cœur se doit aux plaisirs :
Douces chaînes,
Tendres peines,
Enchantez tous nos loisirs.

C H OE U R S.

Quand on aime bien,
Tout plaît, tout rit, tout enchante :
Quand on n'aime rien,
La vie est languissante.

FIN DE LA PREMIERE ENTRE'E.

LES ROMANS,

BALLET HEROIQUE.

DEUXIÉME ENTRÉE.

LA CHEVALERIE.

ACTEURS CHANTANTS.

ROGER, *Prince descendu d'*HECTOR*, & pere de* MARFIZE*, surnommé par* CHARLEMAGNE *Chevalier sans pair,*   M͏ͬ. Dun.

MARFIZE, *fille de* ROGER *& amante de* LEON *, déguisée sous les traits de* FERRAGUS *Prince de Castille,*   M͏ͤ. Eermans.

LEON, *fils de* CONSTANTIN *Empereur de Grece & Amant de* MARFIZE,   M͏ͬ. Tribou.

MELISSE, *fameuse Enchanteresse, amie de* MARFIZE,   M͏ͤ. Antier.

Troupe de GENIES *de la suite de* MELISSE, *déguisés en plaisirs.*

Troupe de Chevaliers François de la suite de ROGER.

Troupe de Chevaliers Grecs de la suite de LEON.

UN GUERRIER,   M͏ͬ. Dumats.

UNE GUERRIERE,   M͏ͤ. Duplessis.

ACTEURS DANSANTS.

PLAISIRS,
Mademoiselle Mariette ;

Messieurs Dumay,   Dupré,   Dangeville,   P-Dumoulin.
M͏ᵉˢ. Fremicourt, Courcelle, Saint-Germain, Centuray.

GUERRIERS ET GUERRIERES;
Monsieur Javillier-L. ;

Monsieur Matignon,   Mademoiselle Le Breton ;

GUERRIERE EN GUERRIER;
Mademoiselle Rabon.

Messieurs Savar,   Javillier-C.,   Javilliers-3. ;
Mesdemoiselles Durocher, Carville,   Petit.

La Scene est aux environs de Paris.

DEUXIE'ME

DEUXIÈME ENTRÉE.

LA CHEVALERIE.

Le Theâtre repréſente une Foreſt. On y découvre dans le fond ; à gauche, le Palais de Roger ; à droite, un Cirque ou Champ de Mars.

SCENE PREMIERE.

MARFIZE déguiſée ſous la figure de FERRAGUS, Prince de Caſtille.

MARFIZE.

Tendre Amour, ſeconde mes vœux,
Et pardonne à mon cœur une épreuve cruelle,
Qui doit rendre un inſtant mon amant malheureux.
    Si les tourmens ſerrent tes nœuds,
    Nôtre chaîne en ſera plus belle :
    Tendre Amour, ſeconde mes vœux,
        C'eſt pour la gloire de tes feux,
Que je veux rendre un cœur plus tendre & plus fidelle.

E

SCENE II.

MARFIZE, ROGER.

ROGER, à MARFIZE.

DE ce Casque enchanté,
J'admire la puissance :
La voix, les traits, tout jusqu'à la fierté,
Du Prince de Castille offre en vous l'apparence.
Bientôt, ma Fille, avec cet art trompeur,
Du fils de Constantin vous connoîtrez le cœur.

MARFIZE.

La sçavante Melisse
A commencé cet artifice :
Mais c'est à vous, Seigneur,
D'achever un projet d'où dépend mon bonheur.

ROGER.

J'attens icy Leon.

MARFIZE.

Je le voi qui s'avance ...

ROGER.

Allez, sur votre amour soyez en assurance.

SCENE III.

ROGER, LEON.

LEON.

*P*Uis-je enfin me flatter, Seigneur,
D'obtenir la beauté dont mon ame est éprise ?
Ne differez plus mon bonheur,
L'amour & la valeur
Vous demandent Marsize.
Quel triste accueil ? ô Ciel ! qu'il allarme mon cœur !

ROGER.

Vous offrez à ma fille avec vôtre tendresse
L'empire de la Grece ;
Vôtre rang, vôtre amour, tout doit remplir vos vœux :
Mais Prince, faut-il vous le dire ?
Lorsqu'à vôtre bonheur je suis prest de souscrire,
Ferragus vient icy pour en rompre les nœuds.

LEON.

Quand vous favorisez mes feux,
Qu'ai-je à craindre de sa présence ?

ROGER.

Cet himen dès long-tems flatte son esperance,
Et ce Guerrier, jaloux
De vous voir obtenir sur luy la préférence,
Les armes à la main, veut l'emporter sur vous.

E ij

LEON.

Sur moi ! Ciel ! la fureur de mon ame s'empare.

ROGER.

Ce rival en couroux
Déclare icy la guerre à vos vœux les plus doux.

LEON.

Ah ! c'est moi qui la lui déclare ;
Qu'il paroisse en ces lieux :
Si ce Rival ose à mes yeux,
Me disputer le bien que le ciel me prépare,
Son téméraire amour
Luy coûtera le jour.

ROGER.

Songez que ce Guerrier est un guerrier terrible.

LEON.

Son bras jusqu'à ce jour a trouvé tout possible :
Mais, malgré la valeur dont il est animé,
Il n'est pas invincible
Pour un amant aimé.

ROGER.

Pour éterniser vôtre gloire,
Couronnez vôtre front d'une double victoire :
Il faut remporter en ce jour
Le prix de la valeur, & celui de l'amour.

SCENE IV.

LEON.

REdoutable Dieu des armes,
  Je me livre à ta fureur :
      Tes allarmes
      Ont des charmes
    Pour un intrépide cœur.

Tendre Espoir, brillante Gloire,
Vous m'animez tour-à-tour,
Vous m'offrez dans ce grand jour
Les lauriers de la victoire,
Et les mirthes de l'amour.

SCENE V.

LEON, MARFIZE deguisée sous les traits
de FERRAGUS ; ROGER caché, les écoute.

MARFIZE.

CHevalier, est-ce toi, qui de Marfize épris,
  Prétends me disputer cette illustre Princesse ?
    LEON, montrant son épée.
        En serois-tu surpris ?
J'ay juré sur ce fer, de l'adorer sans cesse :
Qui voudra m'enlever ce prix de ma tendresse,
Pourra se repentir de l'avoir entrepris.

MARFIZE.

Je vais cependant l'entreprendre.
Au plaisir de l'avoir, cesse enfin de prétendre:
Un rival, quelqu'il soit, doit toûjours allarmer,
Marfize aime à t'entendre,
Tu lui parles d'amour, tu pourrois la charmer,
Et c'est moi qu'elle doit aimer.

LEON.

Si sa bouche elle - même
Ne dicte cet Arrest suprême,
Je la suivrai jusqu'au trépas.

MARFIZE.

Connois-tu Ferragus?

LEON.

Des exploits de son bras
J'entens vanter la gloire extrême:
Mais, fut-ce le Dieu des combats,
Deffendant ce que j'aime,
Je ne le craindrois pas.

MARFIZE *icy fait un signe de tête menaçant.*
Qui ne craint point la mort, méprise la menace.

MARFIZE.

Jeune, peut-être valeureux,
Tu crois dans ton audace
Que pour vaincre, il suffit que l'on soit amoureux,
Poursuis, je te fais grace.

LEON, en colere.

Ciel!

MARFIZE.

Ne t'expose point à mon couroux fatal,
Garde-toi. d'irriter un terrible rival,
Eteins plûtôt une vaine tendresse,
Leon, céde-moy la Princesse,
Le combat entre nous seroit trop inégal.

LEON, tirant son Epée.

Il faut punir ton insolence,
Et t'imposer un éternel silence.

ROGER, séparant les Combatans.

Arrestez, c'est au champ de Mars
Qu'il faut que vôtre valeur brille:
Aux yeux des Chevaliers, venus de toutes parts,
Faites voir qui des deux doit posseder ma fille,
Elle laisse à la gloire à soumettre son cœur:
Songez que son himen est le prix du vainqueur.

LEON ET MARFIZE.

Ah! si l'amour anime le courage,
C'est à moy, c'est à moy d'emporter l'avantage.

✳✳✳✳✳✳✳✳✳✳✳✳✳✳✳✳✳✳✳✳✳✳✳✳✳✳✳✳✳✳✳✳✳✳

SCENE VI.

ROGER.

AU moment du combat, d'où vient que malgré-moi
           Je ressens de l'effroi?
Ce combat à mes yeux couteroit-il des larmes?
Grands Dieux! au champ de Mars rendons - nous
    promptement.

✳✳✳✳✳✳✳✳✳✳✳✳✳✳✳✳✳✳✳✳✳✳✳✳✳✳✳✳✳✳✳✳✳✳

SCENE VII.

ROGER, MELISSE.

MELISSE.

NOn, Roger, demeurez & soyez sans allarmes,
    Vous connoîtrez dans un moment
    Le pouvoir de mes charmes.

ROGER.

Ma crainte ne sçauroit se cacher à vos yeux.

    Malgré vôtre art sublime,
    Je crains un amant furieux:
    Un Heros que l'amour anime
    Est aussi puissant que les Dieux.

MELISSE.

Jupiter quand il veut, fait gronder son Tonnerre.
Neptune jusqu'aux Cieux, peut soulever les Mers.
Pluton dans son couroux, sçait ébran!er la Terre:
    Mais, rien dans l'Univers
Ne peut vaincre l'Amour armé par les Enfers.

                         CHOEUR.

CHOEUR de Chevaliers, derriere le Théatre.
Ah quelle gloire !
Ferragus est vainqueur :
Tout cede à son amour, tout cede à sa valeur,
Chantons sa nouvelle victoire.

MELISSE.

Vous l'entendez, Seigneur,
Au pouvoir de mon art, rendez plus de justice.

ROGER.

Que ne vous dois-je point, ô puissante Melisse !

MELISSE.

Leon vient en ces lieux :
Pour connoître son cœur, cachons-nous à ses yeux.

SCENE VIII.

LEON furieux. MARFIZE
au fond du Théatre.
LEON.

ENnemis de ma gloire, ennemis de ma flâme,
Dieux cruels, de quels maux accablez-vous mon
ame !
Mon cœur est dechiré dans ce funeste jour
Et par la honte & par l'amour.

F

Je fuis vaincu, puis-je le croire?
Jufte Ciel! quel malheur!
De quoi m'a fervi ma valeur?
Animé par l'amour, animé par la gloire,
Malheureux, je n'ay pû remporter la victoire!
Après ce coup affreux où puis-je recourir?
J'ai tout perdu, je dois mourir.

Ennemis de ma gloire, ennemis de ma flâme,
Dieux cruels! de quels maux accablez-vous mon ame!

SCENE IX.

LEON, MARFIZE

déguifée, & tenant l'épée de LEON.

MARFIZE.

L Eon, adoucis tes allarmes,
Tu ne connois pas ton vainqueur:
Sans honte, un fier guerrier peut me rendre les armes,
Il n'en aura pas moins d'éclat & de valeur.

LEON, à part.

D'un fatal ennemi trop fuperbe langage!

à MARFIZE.

Cruel, à mes malheurs n'ajoute point l'outrage,
Epargne-moi ces fiers difcours,
Ou difpofe en vainqueur du refte de mes jours.

MARFIZE.

Ne me reproche point une foible victoire,
Qui met en mon pouvoir l'objet de ton ardeur,
Je ne te ravis point son cœur :
L'amour eſt jaloux de ma gloire :
Je triomphe, & c'eſt toy que ce Dieu rend vainqueur.

LEON.

Vainqueur trop malheureux, Gloire triſte & barbare !
O Mort ! briſe mes fers ;
C'eſt envain que pour moi Marphize ſe déclare,
J'en ſuis aimé, mais, helas ! je la perds ;
O Mort ! briſe mes fers.

MARFIZE.

Avec une chaîne nouvelle
On eſt ſeur de ſe dégager :
Il eſt facile de changer,
Et mal-aiſé d'être fidelle.

LEON.

Ceſſe de m'outrager.
Barbare, acheve ton ouvrage,
Perce mon triſte cœur.

MARFIZE.

J'admire ton amour, j'admire ton courage.
Touché d'une ſi tendre ardeur,
Je veux en ſa faveur
Faire un effort ſuprême :
Je veux rendre à Leon la Princeſſe qu'il aime.

LEON.

Qu'entends-je, ô Ciel! quel seroit mon bonheur!

MARFIZE.

Puis-je compter sur ta reconnoissance?

LEON.

Ah! tu verras sous ta puissance
Mon bras, ma fortune & mon cœur.

MARFIZE, ôtant son casque.

C'en est trop, cher Leon, jouis de ta tendresse,
Je ne veux que ton cœur, je te rends ta maîtresse.

LEON.

Que voi-je? juste Ciel! est-ce un enchantement?

MARFIZE.

Le sujet de tes maux n'est qu'un déguisement.

SCENE X.

LEON, MARFIZE, MELISSE, ROGER.

MELISSE.

Que dans ce lieu rustique
S'éleve un palais magnifique.

Le Théatre change.

MELISSE, ROGER, ET MARFIZE, à LEON.

Nous avons causé vos douleurs,
Mais l'Amour va tarir vos pleurs.

MELISSE.

Dans ces beaux lieux, Plaisirs, hâtez-vous de voler,
Formez pour ces Amants la plus aimable chaîne,
  L'Hymen qui doit les assembler,
Brille de mille appas, c'est l'Amour qui l'ameine :
Dans ces beaux lieux, Plaisirs, hâtez-vous de voler,
Formez pour ces Amants la plus aimable chaîne.

ENTRE'E des Plaisirs qui viennent en dansant.

  CHOEUR des Plaisirs.

Que les Plaisirs, qui suivent les tourments,
 Ont de charmes pour les amants !
 L'Amour, aux mortelles allarmes,
 Fait succeder les plus beaux jours ;
 On ne regrette point des larmes,
 Qui rendent heureux pour toûjours.

On danse.

  UN PLAISIR.

  Goutons dans le bel âge
  Les plaisirs de l'amour ;
  Envain un cœur sauvage
  Veut fuir son esclavage :
  Tout cede aux traits qu'il lance,
  Dès que l'on voit le jour,
  On est sous sa puissance,
  Aucun ne s'en dispense :

Le ciel, la terre & l'onde
S'embrâsent de ses feux;
Il est le souverain des Dieux,
Et le plaisir du monde.

On danse.

LE PLAISIR.

Guerriers, quittez les armes,
Goutez de plus doux charmes,
Le temps de la jeunesse
Est fait pour la tendresse,
N'en perdez pas un jour:
Puissant Dieu de la guerre,
Calmez vôtre tonnerre,
La Mere de l'amour
Attend vôtre retour;
Cédez à ce vainqueur,
Brûlez d'une autre gloire,
La plus douce victoire
C'est de toucher un cœur.

✳✳✳✳✳✳✳✳✳✳✳✳✳✳✳✳✳✳✳✳✳✳✳✳✳✳✳✳✳✳✳✳✳✳✳✳

SCENE XI.

ENTRE'E de Chevaliers Grecs de la suite de Leon ; & les Acteurs
de la Scene précédente.

CHOEUR des Chevaliers Grecs.

POur chanter la Gloire & Bellone,
La trompette éclatte au bruit des tambours,
Dans ces lieux il faut qu'elle sonne,
Pour chanter l'aimable Dieu des amours:

Fiers Guerriers,
Cueillez des lauriers,
L'enfant de Cithere au retour vous couronne,
Après mille combats affreux,
Dans les bras de Venus, Mars devient heureux.

On danſe La Pirrhique.

GUERRIER ET GUERRIERE.

Ne grondez plus, effrayans Bruits de la guerre,
Laiſſez en paix
Déſormais
Toute la terre:
Vos cris, vos feux
Sont l'effroi des ris, des jeux:
Le fatal ſon des tambours
Fait envoler les Amours:

Lancez vos traits,
Lancez vos flâmes
Regnez dans le ſein de la paix,
Dieu plein d'attraits!
Lancez vos traits,
Charmez nos ames,
Que chaque moment
D'un guerrier faſſe un amant.

On danſe.

Un guerrier, & une guerriere danſent : Un autre guerriere déguiſée en homme tenant un maſque à la main, paroît les obſerver : elle ſe maſque enſuite ; & mêlant ſes pas avec les deux autres , par des geſtes d'une feinte paſſion , elle tâche de toucher le cœur de ſa rivale :

Le guerrier lui voyant obtenir quelque préférence, veut la fraper de ſon dard ; elle ſe démaſque ; le guerrier confus, fuit la colere de ſa maitreſſe qui le pourſuit ; & la rivale abuſée par le maſque , pourſuit auſſi la guerriere pour s'en vanger.

M A R F I Z E.

Amour , charmant vainqueur ,
Je chanterai toujours votre gloire immortelle :
Pour le prix de mon zele ,
Ne ſortez jamais de mon cœur.
Vous ne regnez ici que pour notre bonheur :
Heureux qui porte votre chaîne :
Dans ces lieux fortunez, on ne connoit de peine ,
Que celle d'être ſans ardeur.

Amour , &c.

On reprend le CHOEUR des Chevaliers Grecs.
Pour chanter la *Gloire* , & *Bellone* , &c.

FIN DE LA DEUXIE'ME ENTRE'E.

LES

LES ROMANS,
BALLET HEROIQUE.
TROISIÉME ENTRÉE.

LA FEÉRIE.

❋❋❋❋❋❋❋❋ ❋❋❋❋❋❋❋❋ ❋❋❋❋❋❋❋❋❋❋❋

ACTEURS CHANTANTS.

DEMOGORGON, *Roi des Fées, amoureux* d'EGLANTINE; Mr. Chaffé.

LOGISTILLE, *premiere Fée*, Mlle. Antier.

SECONDE FE'E, Mlle. Jullye.

EGLANTINE, *jeune Princeffe, élevée parmi les Fées*, Mlle. Fel.

UN GENIE, Mr. Jelyotte.

Troupes de GENIES *& de* FE'ES.

ACTEURS DANSANTS.

F E'E S.
Mademoifelle Sallé.

Mefdemoifelles Carville, Durocher, Thybert, Saint-Germain,
Courcelle, Centuray.

G E N I E S.
Monfieur Javillier-L.;
Meffieurs Javillier-C., Dumay, Dupré.

GENIES ELEMENTAIRES;

GNOMES;	SILPHES;	ONDAINS;
Meffieurs Matignon,	Harloche,	Malter-C.
Mlles. Fremicourt,	Puvignée,	Dallemaud.

S A L A M A N D R E S;
Monfieur Malter-L.; Mademoifelle Le Breton.

La Scene eft dans les Jardins enchantez du Palais de DEMOGORGON.

TROISIÉME ENTRÉE.

LA FEÉRIE.

Le Theâtre repréfente les Jardins enchantez du palais de DEMOGORGON, la Fée principale y paroît au milieu d'une troupe des plus belles Fées.

SCENE PREMIERE.

LOGISTILLE, Fée principale, SECONDE FE'E.

LOGISTILLE.

Nfin voici le jour,
Où le Monarque heureux de ce brillant
  empire,
 Va faire éclater son amour
Aux yeux de la beauté pour qui son cœur soupire.

Elevée en ces lieux, fermez de toutes parts,
Aucun mortel encor n'a frapé ses regards.

G ij

LA SECONDE FE'E.

Nous préparons au Roi l'hymen le plus paisible,
L'objet qu'il veut toucher ne connoît point d'amant ;
Il sera le premier qui le rendra sensible ;
  C'est un plaisir rare & charmant.

ENSEMBLE.

D'Eglantine en ces lieux prévenons les désirs,
  L'amour en fera nôtre Reine,
   Inventons des plaisirs,
  Pour plaire à nôtre Souveraine.

LOGISTILLE.

C'est elle qui paroît... Je vais chercher le Roi ;
Pour éprouver son cœur, il a besoin de moi.

✳✳✳✳✳✳✳✳✳✳✳✳✳✳✳✳✳✳✳✳✳✳✳✳✳✳✳✳✳✳✳✳✳✳✳✳✳✳

SCENE II.

EGLANTINE, LA SECONDE FE'E.

Pendant que les autres Fées dansent autour
D'EGLANTINE, La seconde FE'E chante.

  D Ans ces lieux toujours chéris
  Les Jeux & les Ris
  Ont fixé leur Empire,
  L'innocence, des désirs
  En a sçû regler les plus doux plaisirs.

Le Chœur des FE'ES répéte le Rondeau.

LA FE'E.

On n'y désire
Jamais qu'un instant,
Dès qu'on le veut, on est content;
Point de larmes,
Toujours des charmes,
L'empire des Cieux
Doit moins plaire aux Dieux.

CHOEUR.

Dans ces lieux toujours chéris
Les Jeux & les Ris
Ont fixé leur Empire :
L'Innocence, des désirs
En a sçû regler les plus doux plaisirs.

LA FE'E, à EGLANTINE.

Ces plaisirs reservez pour vous,
Belle Princesse,
Vous suivront sans cesse :
Ah! qu'il est doux
De tout charmer!
Qu'il est doux de se faire aimer.

CHOEUR.

Ces plaisirs reservez pour vous, &c.

LA FEE.

Vos beaux jours
Dureront toûjours,
Vos attraits
Ne changeront jamais.
Dans cés lieux toûjours chéris
Les Jeux , & les Ris
Ont fixé leur Empire :

CHOEUR.

L'innocence , des desirs
En a sçu regler les plus doux plaisirs.

EGLANTINE.

Cessez vos jeux, charmantes Sœurs,
Mon cœur trop agité n'en sent plus les douceurs.

LA FEE.

Dans ce riant azile
Qui peut troubler la paix de vôtre sort tranquille?

EGLANTINE.

Un songe trop flatteur dont mes sens sont épris,
Occupe seul tous mes esprits.

Dans un boccage sombre
Je cédois un moment aux douceurs du sommeil,
Un objet inconnu, dans un noble appareil,
Est venu près de moi se reposer à l'ombre :

TROISIEME ENTRE'E.

Il avoit sur son front la Majesté des Dieux,
Un feu doux & perçant brilloit dans ses beaux yeux,
Sa voix tendre & touchante
Exprimoit des discours, dont la douceur enchante:
Heureuse de l'entendre, heureuse de le voir,
Il prenoit sur mon cœur un absolu pouvoir:
Enfin, je lui trouvois mille graces nouvelles
Que n'ont point à mes yeux les Nimphes les plus belles.

LA FE'E.

Jouissez d'un espoir flatteur,
Le sommeil n'offre pas toûjours de vains mensonges:
Les Dieux nous ont souvent présenté par des songes
L'image d'un prochain bonheur.

On entend un grand bruit.

CHOEUR DES FE'ES.

Quel bruit de ce séjour interrompt le silence?

Plusieurs Génies viennent enlever
les FE'ES qui gardoient la Princesse.

Ah! quelle violence!

SCENE III.

DEMOGORGON, EGLANTINE.

EGLANTINE.

DU trouble de mon cœur que dois-je pressentir?
De ce Mirthe entr'ouvert un Dieu semble sortir:

O Ciel, c'est l'Inconnu que je croi voir sans cesse.

DEMOGORGON.

Rassurez-vous, belle Princesse,
Je ne viens point icy pour déplaire à vos yeux:
Vous n'avez à craindre en ces lieux
Que mon hommage & ma tendresse.

EGLANTINE.

Vous répandez par tout le trouble & la frayeur.
Pour la premiere fois, ces lieux sont pleins d'allarmes:
Sans doute un discours si flatteur
Cache un piege fatal, dont je dois fuir les charmes.

DEMOGORGON.

Non, je n'aspire, helas! qu'à toucher vôtre cœur.
De la plus tendre ardeur
Vous avez enchanté mon ame:
Un regard de vos yeux a fait naître ma flâme,
Un mot de vôtre bouche en feroit le bonheur.

EGLANTINE.

J'ignore un si tendre langage,
Et croi qu'en ce séjour on n'en fait point usage.

DEMOGORGON.

Si je pouvois vous enflâmer,
Vous sçauriez ce langage aussi-bien que moi-même.
D'un cœur qui sçait aimer
L'éloquence est extrême:

Rien

Rien ne dit mieux qu'on aime,
Que l'embarras de l'exprimer.
N'osez-vous d'un soupir, flatter mon esperance?

EGLANTINE.

Le respect à mon cœur impose le silence.

DEMOGORGON.

Quel mot prononcez-vous? Et quel triste retour!
Ne connoissez-vous point l'Amour?

EGLANTINE.

C'est encore un mistere,
Que peut-être en ces lieux on a soin de me taire.

DEMOGORGON.

Le bonheur de nos jours dépend de le sçavoir.

EGLANTINE.

Qu'est-ce donc que l'Amour, & quel est son pouvoir?

DEMOGORGON.

L'Amour tient l'Univers sous son obéissance,
Tout flatte, tout enchante, où brillent ses attraits;
Les Graces forgent ses traits,
Le Plaisir fait sa puissance:
La Nature languit où ce Vainqueur n'est pas,
Ses biens comblent les vœux de tout ce qui respire,
La beauté, la jeunesse accompagnent ses pas;
Le cœur est son empire.

H

EGLANTINE.

Ah! seriez-vous l'Amour?

DEMOGORGON.

Non, mais je suis l'amant,
Qu'Eglantine a soumis à ce Dieu si charmant.

EGLANTINE.

C'est donc l'Amour qui pour vous m'interesse?

DEMOGORGON.

C'est lui qui cause ma tendresse.

EGLANTINE.

Puisse-t'il toûjours nous charmer.

ENSEMBLE.

Aimons-nous à jamais, l'Amour nous y convie,
Unissons nos soupirs pour mieux nous enflâmer:
Le plus doux plaisir de la vie,
Est le plaisir d'aimer.

On entend un grand bruit.

EGLANTINE.

Quel bruit terrible!

DEMOGORGON.

Fuyons, s'il est possible.
C'est Logistille, ô fatal desespoir!
Tout est soumis à son pouvoir.

S C E N E I V.

LOGISTILLE, DEMOGORGON, EGLANTINE.

L O G I S T I L L E.

Tremble, audacieux Génie,
Ta temeraire ardeur
D'un chatiment nouveau sera bientôt punie.

E G L A N T I N E.

O Ciel! pourquoi cette rigueur?
Helas! en votre absence,
Cet aimable Genie a sçû charmer mon cœur.

L A F E' E.

Eh! c'est ce qui fait son offense.

Vous qui remplissez mes souhaits,
Esprits, obéissez à mon ordre suprême:
Enlevez le Genie, & que dans ce palais
Il reçoive le prix de son audace extrême.

Des esprits transportent DEMOGORGON dans son Palais.

S C E N E V.

LA FE'E, EGLANTINE.

E G L A N T I N E.

O Sort plein de rigueurs!
Cruelle, vous m'ôtez l'objet de ma tendresse?
Que vais-je devenir? Malheureuse Princesse!
Je succombe, je meurs!

Elle s'appuye sur un Oranger.

H ij

LES ROMANS,
LA FE'E.

Fille d'un Roy puissant , le Destin vous ordonne
De partager en ce beau jour ,
Du grand Demogorgon , l'ardeur & la Couronne.
L'éclat d'une brillante Cour
Doit l'emporter sur le charme frivole
Que promet un tendre retour :
Il faut que la grandeur console
Des maux que fait l'amour.

EGLANTINE.

L'éclat suprême
Ne fait point mon bonheur :
Je suis fidelle à ce que j'aime,
Le Maître du Ciel même
Ne lui raviroit pas mon cœur.

Le Théâtre change.

Quelle lumiere m'environne ?

LA FE'E.

C'est le Palais du Roi.

EGLANTINE.

Mon amant m'abandonne !

LA FE'E.

Songez à plaire à vôtre Souverain ,
N'irritez point un Roi , qui vous offre sa main.

EGLANTINE.

Quelque malheur qu'on puisse me prédire ,
Du Monarque offensé quel que soit le couroux ,
Je jure que mon cœur...

SCENE VI.

DEMOGORGON, LA FE'E, EGLANTINE.

DEMOGORGON defcendu de fon trône.

O Ciel ! qu'allez-vous dire?

EGLANTINE reconnoiffant le GENIE.

Que mon cœur n'aimera que vous.
Ah! feroit-il poffible
Qu'attendri par mes pleurs,
Le Roi vous céde à mes douleurs ?

DEMOGORGON.

A vos larmes il eft fenfible,
Il accorde tout à nos vœux,
Vous voyez ce Roi génereux,
Dont l'amour tendre & fidelle,
Met fa gloire & fon zele
A rendre fa Maitreffe & fon Rival heureux.

EGLANTINE.

Vous regnez en ces lieux ? ô retour plein de charmes!
Je vous pardonne mes allarmes,
Elles vous ont fait voir l'ardeur de mes foupirs:
Et je fens que les larmes
Augmentent les plaifirs.

DEMOGORGON.

Qu'une fête brillante
Annonce mon himen au bout de l'Univers:
Efprits, venez offrir à l'objet qui m'enchante
Tout ce que mon Empire a de charmes divers.

SCENE VII. ET DERNIERE.

TROUPE DE GENIES, TROUPE DE FE'ES;

Et les Acteurs de la Scene précédente.

CHOEUR.

CHantons la Beauté triomphante,
Qui va Regner dans ces lieux :
Que sa gloire est éclatante !
Elle a soumis à ses beaux yeux
Le Roi le plus aimable & le plus glorieux.

On danse.

UN GENIE.

Les trésors de la Fortune
Ne font point le parfait bonheur ;
Des grandeurs, l'éclat importune
Et n'est souvent qu'un éclat trompeur :
Nôtre cœur cherche un bien qu'il aime,
Bien, plus touchant ! que la grandeur suprême,
C'est d'inspirer une tendre ardeur
Et d'en brûler lui-même.

On danse.

UNE FE'E.

Gardons-nous d'attendre,
Cherchons les biens que l'amour fit pour nous ;
Pourquoi s'en deffendre ?
Ses coups
Sont si doux !

Les soins , les langueurs ,
Les pleurs ,
Les tourmens secrets ,
Sont des bienfaits :
C'est par les soupirs
Que l'Amour nous mene aux plaisirs ,
Les heureux amans
Ne sont point heureux sans les tourmens ,
Un cœur n'est jamais si tendre
Que dans l'instant qu'il craint ,
Et se plaint.

On danse.

LA FE'E.

Tost ou tard l'Amour
Après mille peines ,
Fait naître un beau jour ,
Malgré ses rigueurs
Ne brisons point nos chaînes ;
Quand ses traits vainqueurs
Volent dans nos cœurs ,
Si c'est un tourment ,
Le remede en est charmant :

Dieu rempli d'attraits ,
Lance-moi tes traits ,
Non, tes peines
Inhumaines ,
N'éteindront point mes feux.

De tes larmes
Naiſſent mille charmes,
Et l'attente
Eſt toûjours charmante;
Pour combler mes vœux,
Cache mon bonheur à mes yeux.

On danſe.

UNE FE'E.

Dieu de l'himen, Dieu de l'amour,
Uniſſez-vous pour vôtre gloire ;
Que vôtre accord dans ce beau jour,
Vous donne ſur les cœurs une entiere victoire:

Pour rendre l'Univers content,
Mêlez vos flambeaux & vos armes :
L'amour en ſera plus conſtant,
L'himen en aura plus de charmes.

Dieu de l'himen, &c.

On danſe.

UN GENIE.

Que tout ſente,
Que tout chante
La beauté
De ce Palais enchanté ;
Sur nos traces
Les Ris, & les Graces
Avec les Amours.

Marchent

Marchent toûjours;
La jeuneffe
Y renaît fans ceffe,
Et n'y fait regner que de beaux jours.

Dès que la naiffante Aurore
Fait briller les doux appas de Flore,
De fes coups
L'Amour nous éveille-tous:
Il nous offre mille charmes,
Qui pour nos cœurs font faits
Exprès;
Les allarmes,
Les foins ny les larmes
Ne troublent jamais
Nos fortunez loifirs;
Et le temps coule au gré de tous nos defirs.

On danfe.

C H OE U R.

Chantons la Beauté triomphante
Qui va regner dans ces lieux;
Que fa gloire eft éclatante!
Elle a foumis à fes beaux yeux
Le Roi le plus aimable & le plus glorieux.

F I N.

APROBATION.

J'AY lû par Ordre de Monfeigneur le Garde des Sceaux, *LES ROMANS, Ballet héroique.* A Paris le dixiéme Juillet 1736. LASERRE.   I

PRIVILEGE DU ROY.

LOUIS par la grace de Dieu, Roy de France & de Navarre; A nos amez & feaux Conseillers, les Gens tenans nos Cours de Parlement, Maîtres des Requêtes ordinaires de nôtre Hôtel, Grand Conseil, Prevôt de Paris, Baillifs, Sénéchaux, leurs Lieutenans-Civils, & autres nos Justiciers qu'il appartiendra, Salut. Nôtre cher & bien amé le Sieur LOUIS-ARMAND EUGENE DE THURET, cy-devant Capitaine au Regiment de Picardie; Nous a fait représenter que, par Arrest de nôtre Conseil du 30. May 1733. Nous avons revoqué le Privilege qui avoit été accordé au Sieur le Comte & ses Associez, pour raison de l'Académie Royale de Musique, ses circonstances & dépendances, & rétabli ledit Privilege en faveur dudit Sieur Exposant, pour en joüir par luy, ses Associez, Cessionnaires & Ayans-cause aux charges & conditions portées par ledit Arrest, pendant le temps & espace de vingt-neuf années, à compter du premier Avril de ladite année 1733. & que pour l'exploitation dudit Privilege, ledit Sieur Exposant se trouve obligé de faire imprimer & graver les Paroles & la Musique des Opera qui doivent être représentez; mais que pour cet effet il a besoin de nôtre permission & des Lettres qu'il Nous a tres-humblement fait supplier de luy accorder. A CES CAUSES, voulant favorablement traiter ledit Exposant; Nous luy avons permis & permettons par ces Presentes de faire imprimer & graver *les Paroles & Musique des Opera*, *Ballets & Fêtes* qui ont été ou qui seront représentez par l'Académie Royale de Musique, tant séparément que conjointement en tels Volumes, forme, marge, caractere, & autant de fois que bon luy semblera, & de les faire vendre & débiter par tout nôtre Royaume, pendant le temps de vingt-neuf années consecutives, à compter du jour de la datte desdites Presentes. Faisons défenses à toutes personnes, de quelque qualité & condition qu'elles soient d'en introduire d'Impression ou Gravûre Etrangere dans aucun lieu de nôtre obéïssance : Comme aussi à tous Imprimeurs, Libraires, Graveurs, Imprimeurs, Marchands en Taille-Douce, & autres de graver, ny faire graver, imprimer, ou faire imprimer, vendre, faire vendre, débiter ny contrefaire lesdites Impressions, Planches & Figures de Paroles, ou Musique des Opera, Ballets & Fêtes, qui ont été ou qui seront representez par ladite Académie Royale de Musique, tant separément que conjointement en tout ny en partie, sans la permission expresse & par écrit dudit Sieur Exposant, ou de ceux qui auront droit de luy; à peine de confiscation, tant des Planches & Figures, que des Exemplaires contrefaits & des Ustanciles qui auront servy à ladite contrefaçon, que Nous entendons être saisis en quelque lieu qu'ils soient trouvez; de dix mille livres d'amende contre chacun des Contrevenans, dont un tiers à Nous, un tiers à l'Hôtel-Dieu de Paris, l'autre tiers audit Sieur Exposant, & de tous dépens, dommages & interests, à la charge que ces Presentes seront enregistrées tout au long sur le Registre de la Communauté des Libraires & Imprimeurs de Paris, dans trois Mois de la datte d'icelles; Que la Gravûre & Impression desdites Paroles & Opera sera faite dans nôtre Royaume & non ailleurs, en bon papier & beaux caracteres, conformément aux Reglemens de la Librairie, & notamment à celui du dix Avril 1725. & qu'avant que de les exposer en vente, les Manuscrits gravez ou imprimez seront remis dans le même état où les Aprobations auront été données ès mains de nôtre tres-cher & feal Chevalier Garde des Sceaux de France, le Sieur Chauvelin; & qu'il en sera ensuite remis deux Exemplaires de chacun dans nôtre Bibliotheque publique, un dans celle de nôtre Château du Louvre, & un dans celle de nôtre tres-cher & feal Chevalier Garde des Sceaux de France, le Sieur Chauvelin; Le tout à peine de nullité des Presentes; Du contenu desquelles Vous mandons & enjoignons de faire joüir ledit Sieur Exposant, ou ses Ayans-cause, pleinement & paisiblement sans souffrir qu'il leur soit fait aucun trouble ou empeschement. Voulons que la Copie desdites Presentes, qui sera imprimée tout au long au commencement ou à la fin desdites Paroles ou Opera, soit tenuë pour düement signifiée; & qu'aux Copies collationnées par l'un de nos amez & feaux Conseillers & Secretaires, foy soit ajoûtée comme à l'Original. Commandons au premier nôtre Huissier ou Sergent, de faire pour l'execution d'icelles tous Actes requis & necessaires, sans demander autre permission, & nonobstant Clameur de Haro, Chartre Normande & Lettres à ce contraires. CAR tel est nôtre plaisir. DONNE' à Fontainebleau le douziéme jour de Novembre, l'An de Grace mil sept cent trente-quatre, & de nôtre Regne le vingtiéme; *Et plus bas*, Par le Roy en son Conseil. Signé SAINSON, avec paraphe.

J'ay cedé à M. BALLARD le present Privilege, suivant le Traité fait avec luy le premier Septembre 1730. A Paris ce 23. Novembre 1734. DE THURET.

Registré ensemble la Cession sur le Registre VIII. de la Chambre Royale des Libraires & Imprimeurs de Paris. N. 797. fol. 779. conformément aux anciens Reglemens confirmez par celuy du 28. Fevrier 1723. A Paris le 23. Novembre 1734. G. MARTIN, Syndic.

www.ingramcontent.com/pod-product-compliance
Lightning Source LLC
Chambersburg PA
CBHW060432260626
47161CB00005B/1895